below.

UFFAR O GOSB

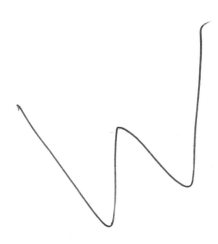

pen
dafad

Sonia Edwards

UFFAR
O GOSB

yLolfa

Hoffai'r Lolfa ddiolch i:
Ffion Davies, Ysgol Plasmawr,
Rhian Lewis, Ysgol Bro Gwaun,
Dafydd Roberts, Ysgol Dyffryn Ogwen
ac Andrea Parry, Ysgol Dyffryn Conwy.
Hefyd, i holl ddisgyblion ysgolion Botwnnog, Penweddig, Bro Myrddin,
Dyffryn Conwy, Dyffryn Ogwen a Plasmawr am eu sylwadau gwerthfawr.

Argraffiad cyntaf: 2005
ⓟ Awdurdod Cymwysterau, Cwricwlwm ac Asesu Cymru, 2005

Golygyddion Pen Dafad: Alun Jones a Mared Roberts
Cynllun a llun clawr: Elgan Davies

Comisiynwyd y gyfrol gyda chymorth ariannol Awdurdod Cymwysterau,
Cwricwlwm ac Asesu Cymru

Y Lolfa

ISBN: 0 86243 834 9

Cyhoeddwyd ac argraffwyd yng Nghymru gan:
Y Lolfa Cyf., Talybont, Ceredigion SY24 5AP
e-bost ylolfa@ylolfa.com
gwefan www.ylolfa.com
ffôn +44 (0)1970 832 304
ffacs 832 782
isdn 832 813

Pennod 1

'Dwi wedi trio deud wrtho fo.'

'Dad, calliwch, wir Dduw!'

Ond wneith o ddim gwrando. Dydi o erioed wedi gallu gwrando a bod yn onest. Mae Taid yr un fath. Nain wedi'i anfon o at Doctor Morgan i gael hîring êd ac mae hwnnw'n edrych fel tasa rhywun wedi sticio gwm cnoi yn ei glust o. Dydi o ddim mymryn o'i angen o. Mae o hyd yn oed yn gorfod ei droi o i lawr er mwyn medru clywed pobol yn siarad! Yn enwedig pan fydd o'n siarad ar y ffôn! Mae hynny'n profi nad oes 'na affliw o ddim byd yn bod ar ei glustia fo. Nain gafodd lond bol. Doedd hi byth yn cael ateb ganddo fo pan fyddai hi'n swnian arno fo i wneud petha. Taid yn cogio nad oedd o ddim yn clywed. Felly dyma Nain yn dial. Yn cael digon ar glywed y geiriau: 'Chlywis i mohonot ti, Magi.' Ac yn ateb un diwrnod hefo: 'Wel, hîring êd amdani felly, ta, Wil!' Ac yntau'n ormod o gachwr i gyfadda'r gwir. Ond mae 'na wahaniaeth rhwng methu clywed a pheidio gwrando, yn does?

Mae Dad yn union 'run fath. A finnau, i raddau, os

dach chi'n coelio'r hyn mae fy athrawon i'n ei ddeud i fyny tua'r ysgol 'cw. Peth rhedeg-yn-y-teulu 'di o, ma'n rhaid.

P'run bynnag, dydi Dad ddim *isio* gwrando! Mae 'na rywun – neu rywbeth – yn ei gorddi o, a dyna hi wedyn. Mae o'n cymryd y cyfrifoldeb o drio unioni pob cam yn y gymdeithas. Does dim rhyfedd mai *Superman* ydi ei hoff ffilm o. Mi fasai wrth ei fodd yn cael newid ei ddillad yn sydyn a hedfan dros ben Stad Fferam i allu achub pobol. Ond erbyn meddwl, mi fasai gweld lembo pymthag stôn hefo'i drôns dros ei drowsus yn plymio i gyfeiriad Garej Plas yn ddigon i roi hartan i ddyn, yn hytrach nag achub ei fywyd o!

Ma Dad tua'r un hyd a lled â Homer Simpson ac mae gan y ddau ohonyn nhw'r un faint o synnwyr cyffredin. Ia, llond llygad iâr. I'w rannu rhwng y ddau! Ond mae calon Dad yn y lle iawn, chwarae teg. Meddwl am bobol eraill mae o. Yn wahanol i Homer Simpson, mae Dad yn ei ystyried ei hun yn amddiffynnydd y gweiniaid a rhai twpach na fo'i hun (hynny yw, gwirionach), ond er cymaint mae hi'n fy mrifo i ddweud hyn, ychydig iawn o bobol felly sy 'na. Pan gawson ni'r llifogydd ofnadwy ychydig fisoedd yn ôl a phobol yn cael eu rhybuddio i aros yn eu tai os nad oedd gwirioneddol raid iddyn nhw fentro allan, y peth cynta ddaru Dad oedd gwisgo dillad melyn-dal-glaw a welingtons a mynd i ddargyfeirio traffig i waelod Lôn

Ffrydia. Mi oedd Wil Warden Ceir o'i go' ac yn bytheirio ei fod o'n mynd i ddal ei ben o dan dŵr os na fyddai'n rhoi'r gorau iddi'n reit handi rhag gwneud llanast o betha. Ond mi oedd Mrs Jôs Marmalêd wedi'i weld o o ffenast llofft, meddai hi wrth Mam, ac mi oedd o'n edrach yn '*feri proffesional,wir!*'. Mi oedd o'n argyhoeddi cymaint nes bod lorri cownsil wedi stopio i gynnig lifft iddo fo, gan feddwl mai un ohonyn nhw oedd o. Cywilydd, ta be?

Mae'r rhan fwya o hogia fy oed i yn gwneud petha cŵl hefo'u tadau, fel chwarae rygbi neu bêl-droed neu fynd allan i redeg. Pysgota, hyd yn oed. Ia, mi fasai pysgota fil gwaith yn fwy cyffrous na'r cynnig ges i'r noson o'r blaen.

'Dyl, wyt ti ffansi picio i Rosnewydd i nôl pridd tyrchod daear?'

'Isio'i roi o yn yr ardd mae o,' eglurodd Mam pan welodd hi nad oeddwn i wedi trafferthu gofyn i be oedd o'n gwneud peth mor uffernol o ddwl.

Es i hefo fo? Wel, naddo, siŵr Dduw! Be taswn i wedi gweld rhywun oedd yn fy nabod i? Mi fasa hi wedi darfod arna i wedyn, yn basa? Beth bynnag, wedi iddo gyrraedd adra – heb y pridd, gyda llaw, achos mai tyrchod daear cachu-rwtsh oedd yn Rhosnewydd wedi'r cwbwl, ac y basai o'n troi mwy o bridd na nhw hefo'i fys bach ac yn gwisgo mwgwd. Wnes i ddim trafferthu dweud bod tyrchod daear yn ddall beth bynnag, gan i fod o wedi dechrau traethu am rywbeth arall.

'Meddwl dim am neb arall. Rêl blydi Sais!' medda Dad.

'Pwy?' medda Mam.

'Hwnna sy'n byw yn nhŷ Arthur Goch. Blydi hipi. Llosgi bob math o nialwch. Mwg du fatha Chernobyl erstalwm. Llygru pob man. Meddyliwch. Poteli plastig a ballu ar y tân ganddo fo.'

'Tydi hipis ddim yn gneud petha i lygru'r amgylchedd,' medda Mam. 'Maen nhw'n byw'n wyrdd, yn agos at y pridd.'

'Mi fydd yr uffar yna *yn* y pridd os ca i afael ynddo fo,' medda Dad.

A dyna i chi'n gryno ddarlun o gymeriad fy nhad. Methu peidio busnesa. A thynnu pobol yn ei ben.

Ond mae ganddo fo galon fawr. Dagrau petha ydi bod ganddo fo geg fawr hefyd.

Pennod 2

Mae yna adegau pan fydda i'n cytuno hefo Dad. Yn ddistaw bach, wrth gwrs. Weithiau, mae o'n dweud calon y gwir. Roedd o wedi gwylltio mwy nag arfer ac nid hefo fi chwaith am unwaith.

'Blydi iobs,' medda fo.

Am hogia Graig Isa' roedd o'n sôn. Ac roedd o'n iawn. Wrth gwrs ei fod o. Iobs y dre ma. Nev Skin, Dafad a Llion Blew. Bastads ydyn nhw. Yn gweiddi 'hwran' a ballu ar Mrs Huws Ast. Gref. Ydi, mae Huwsan yn 'ast', ond athrawes ydi hi, de? Maen nhw'n eu trênio nhw i fod felly, dydyn? Rhan o'r job, dydi, neu fasa hi ddim yn medru rheoli diawlad fath â ni yn ei dosbarthiadau, na fasa? Ond dydi hi ddim yn haeddu hynna, beth bynnag. Nid gan fastads fath â Llion Blew.

Maen nhw'n beryg bywyd o gwmpas y dre. Gwneud hwyl am ben copars ac ati. Meddwi. Sefyll ar fonats eu ceir nhw a neb yn medru profi dim. Neu ddim yn fodlon siarad yn eu herbyn nhw. Tan rŵan. Tan hyn.

Mae'n tŷ ni reit yn ymyl Cae Swings. Cae chwarae

i blant bach ydi o, ac yn un gweddol newydd hefyd. Mi oedd Dad yn un o'r rhai ddaru godi pres tuag ato fo ac mi oedd ganddo fo reswm da dros wneud hynny hefyd. Mae gan Bethan, fy chwaer, ddau o blant o dan bump oed ac mi oedd Cae Swings yn grêt o le i fynd hefo Taid ar bnawn Sul, on'd oedd? Llithren, si-so, y tarmac sbesial 'na sy'n feddal pan 'dach chi'n disgyn arno fo. Mi fyddai Dad yn mynd â Siwan a Gareth yno ar ôl cinio Sul 'er mwyn i Bethan gael llonydd'. Esgus, ta be? Dim ond mynd oedd o er mwyn cael sbario golchi'r llestri! Ta waeth, mi oedd pawb wedi croesawu Cae Swings oherwydd bod cyn lleied o lefydd chwarae i'r plant bach o gwmpas ein lle ni. Ond un pnawn Sul mi landiodd Dad yn ei ôl hefo'r plantos ac mi oedd hi'n amlwg ei fod o wedi myllio'n lân, ond nid hefo'r ddau fach. Na, mi oedd o'n eu haddoli nhw, yn doedd? Byth yn codi'i lais hefo nhw, yn wahanol iawn i'r ffordd oedd o'n fy nhrin i erstalwm, ond stori arall ydi honno. Beth bynnag, mi oedd rhywbeth yn Cae Swings wedi'i wylltio fo'n gacwn.

'Be sy?' medda Mam. 'Cachu ci eto?'

'Gwaeth!' medda Dad, sydd wastad wedi mynnu nad oes dim byd gwaeth ar wyneb y ddaear na chachu ci, ar wahân i bobol sy'n gwrthod ei godi o.

Mi arhoson ni i gyd yn gegrwth a disgwyl iddo fo ddweud wrthon ni. Mi fu bron i Bethan fethu dal ond rhoddodd ei llaw dros ei cheg yn reit sydyn.

Dechreuais innau feddwl am lympiau anferth o gachu ci dros bob man ac mi oedd hi'n dipyn o straen i fy atal fy hun rhag ffrwydro. Nid dyna oedd wedi'i wylltio fo. Cydiodd yn dynn yn Siwan fach. Roedd ei ddwylo fo'n crynu. Calliodd Bethan. A finna.

'Wel?' medda Mam wedyn.

'Cyffuriau,' medda Dad. Edrychodd arnon ni, o un i'r llall. 'Drygs,' medda fo wedyn, er mwyn gwneud yn siŵr ein bob ni i gyd wedi deall mawredd y peth.

'Be? Gweld rhywun yn eu cymryd nhw wnest ti?' gofynnodd Mam. Roedden ni i gyd yn ei gymryd o ddifri erbyn hyn.

'Wel, naci, ond… '

'Be, ta, Dad?' Roedd Bethan yn dechrau colli ei hamynedd. A finnau, braidd. Mae Dad yn cymryd oes i ddweud stori.

'Y fechan ma,' meddai Dad, gan edrych ar Siwan, 'mi gododd hi rywbeth oddi ar y llawr… '

Aeth Bethan yn welw. Aeth Dad yn ei flaen.

'Un o'r syrinjis ma… '

'O Dduw Mawr!' medda Mam.

'Chafodd hi ddim pigiad, gobeithio!' Cydiodd Bethan yn Siwan a dechrau rhoi swsus mawr iddi.

'Naddo, diolch byth,' medda Dad.

'Ych-y-pych,' medda Siwan.

'Ia, wir, pwt,' medda Mam wrthi. 'Hen bobol ddrwg yn gollwng ych y pych ar lawr!'

Rhwbiodd Siwan ei hwyneb yn ffyrnig a sbio'n hurt. 'Na, ych y pych ar 'y moch i!' Sgyrnygodd ar ei mam wrth i honno ddechrau ei llusgo at y sinc i sgwrio'i dwylo.

'Hen gnafon anghyfrifol,' medda Mam.

'Moch!' medda Dad. 'Ffernols!'

'Paid â rhegi o flaen y plant ma, Now, a hitha'n ddydd Sul,' medda Mam wrtho fo.

'Mi wna i fwy na rhegi. Mi riportia i nhw!' medda Dad wedyn.

'Pwy, Dad? Dach chi ddim yn gwybod pwy ydan nhw,' medda Bethan wrth i Siwan a'i dwylo sebonllyd lithro o'i gafael er mwyn mynd i chwilio am fwy o fudreddi diddorol.

'O, oes, ma gin i syniad go lew.'

Bob tro bydd o'n dweud hynny mae 'nghalon i'n suddo. Dydi o byth yn gwybod y petha ma. Dyfalu mae o. Gesio'n wyllt ac yn ei chael hi'n drychinebus o anghywir y rhan fwyaf o'r amser. Ond y tro hwn, pan ddywedodd o ei fod o'n amau hogia Graig Isa', mi es i'n chwys oer. Nid am fy mod i'n meddwl ei fod o'n anghywir chwaith. I'r gwrthwyneb. Fo oedd yn iawn y tro hwn. Dyna oedd yn fy mhoeni i. Yn gwneud fy stumog i'n sâl. Yn gwneud i mi deimlo fy mod i wedi sefyll mewn tunnell o gachu Rottweiler a hwnnw'n cyrraedd hyd at fy mogail i.

Oherwydd pe bai Dad a hogia Graig Isa'n croesi cleddyfau, mi fyddai fy mywyd i'n uffern. A gwaeth.

Fyddai fy mywyd i ddim yn werth ei fyw.

Pennod 3

Mae'r toiledau yn ein hysgol ni yn gwneud i mi feddwl am ffilmiau lle mae pobol yn drewi yn y jêl – *Colditz, Birdman of Alcatraz, Porridge* hyd yn oed... tywyll, oer, digysur, dim caead ar unrhyw ban. O, ia, a'r holl bethau addysgiadol sydd wedi eu sgwennu ar y drysau. Ond, dydw i erioed wedi mentro ista'n ddigon hir yn unrhyw giwbicl i ddarllen dim byd yn iawn. Dydi ciwbicls toiledau'r bechgyn hŷn mo'r llefydd saffa yn y byd. *Bog washes* a ballu. Beth bynnag, does 'na byth bapur yno. Ac nid am y *Daily Post* dwi'n sôn rŵan chwaith! Os dach chi isio... wel, dadlwytho, mewn ffordd o siarad, de, mae'n rhaid mynd i ofyn i Gwil Gofalwr am beth. *Embarassing*, ta be? A phan dach chi'n cael peth, mae o'n bell o fod yn *Andrex*, os dach chi'n gwybod be dwi'n feddwl. Debycach i *Sandrex*. Mi fasa'n well i chi ddeilen riwbob.

Felly be oeddwn i'n ei wneud yn y lle afiach ma, ta? Dyna dach chi isio ei wybod, te? Cwestiwn da. Ateb syml. Cael fy anfon o'r wers Goginio pan sylweddolodd Citi Cacan Wy na fasai'r inc ar fy mysedd i'n rhoi lliw rhy iach i'r sgons roedden ni'n eu gwneud y diwrnod hwnnw.

'Dos i olchi'r bacha budron 'na ar d'union, Dylan Pritchard. Ti erioed 'di clywad am salmonela, dywed?'

Ddim mwy ag ydi Gwil Gofalwr wedi clywed am sebon, meddyliais, ond mi es i wneud y gorau ohoni. Wrthi'n sychu fy nwylo ar din fy nhrowsus oeddwn i pan glywais i sŵn tu ôl i mi. Wn i ddim pam ges i gymaint o fraw chwaith. Roedd hi'n amlwg bod rhywun yno'n dojio gwersi er mwyn cael smôc, ac roedd yno ddigon o fwg i gochi penwaig.

'Sbiwch pwy sy ma. Mab Pritch Ploncar!'

Mi deimlais i'r blew mân yn codi fesul un ar fy ngwegil i. Shit. Nev oedd o. Nev Skin. Pen fath â gên gorila. Wynab fath â'i din o. A chroen yr un lliw â waliau'r lle ma – lliw nicotin a nodwyddau.

'Yli, gwranda, Nev, dwi'm isio… '

'Na, gwranda di, Ploncar bach!' Poerodd y gair ola i fy wyneb i. 'Gei di ddeud wrth y comîdian o dad sy gin ti ei fod o wedi mynd yn rhy bell y tro yma.'

'Be ti'n feddwl… ?' Mae hi'n anodd siarad yn glir a chitha'n cael eich codi oddi ar lawr gerfydd coler eich crys.

'Ti'n gwbod yn iawn be dwi'n feddwl!' Mi oedd yr ogla sigaréts ar ei wynt o'n mynd i fyny fy nhrwyn i ac i gefn fy ngwddw i ac yn gwneud i mi fod isio tagu a chwydu ar yr un pryd.

'Cega wrth y cops, de? Bad mŵf, Ploncs.'

Gollyngodd fi'n sydyn nes i mi faglu a tharo 'mhen yn erbyn y wal deils oer. Wnes i erioed freuddwydio y baswn i'n ysu am gael mynd yn ôl i un o wersi Citi Cacan Wy ond y funud honno byddai gweld ei hwyneb surbwch hi a'i sbectol pot jam wedi codi 'nghalon i'r entrychion. Caeais fy llygaid a disgwyl am y beltan gyntaf ond ddaeth hi ddim. Arhosais. Dim. Mentrais agor un llygad. Wedyn y llall. Roedd Nev wedi mynd. Roedd y cyfan bron fel breuddwyd – na, hunllef – dim ond fod gen i lwmp fel wy cloman tu ôl i fy mhen i gadarnhau fod hyn wedi digwydd go iawn.

Cychwynnais yn fy ôl i'r wers, heb sylweddoli fy mod i wedi cymryd mwy o amser nag oedd Citi wedi ei fwriadu. Disgwyliais ffrae. Ond yn hytrach na dechrau cega, edrychodd Citi arna i'n rhyfedd.

'Ti'n welw ofnadwy, Dylan. Wyt ti'n iawn?'

Penderfynais ddweud y gwir. Wel, rhan o'r gwir.

'Nac'dw, Miss. Teimlo chydig yn sâl... '

Edrychodd arna i dros ei sbectol dew. Doedd ei llygaid hi ddim yn angharedig.

'Mi oeddwn i'n meddwl dy fod ti wedi cymryd dy amser,' meddai, ac yna, yn hollol annisgwyl, ychwanegodd, 'Mae 'na wydrau yn y cwpwrdd wrth y sinc. Dos i nôl diod o ddŵr a stedda wrth y ffenest am dipyn.'

Doeddwn i ddim wedi arfer hefo Citi'n bod yn ffeind. Hen jadan oedd hi hefo pawb. Ond heddiw, am ryw reswm, penderfynodd fod yn glên hefo fi. Trois fy nghefn yn sydyn ar weddill y dosbarth a gwneud fel y dywedodd hi.

Doeddwn i ddim am i neb weld bod gen i ddagrau yn fy llygaid.

Pennod 4

Ar yr olwg gyntaf mi oedd o fel llysnafedd melyn.
Bron fel chwd. Roedd hi'n anodd gweld yn iawn yn
y tywyllwch. Rhoddodd Mam ei llaw dros ei cheg.
Roedd o ar hyd y ffenestri, y waliau a thros drws y
ffrynt. Camodd Dad o'r car heb ddiffodd yr injan.
Efallai am ryw reswm bod hynny'n gwneud iddo
deimlo'n saffach. Dechreuodd fy nhu mewn grynu'n
ddireolaeth. Doedd Mam ddim yn gallu siarad yn rhyw
glir iawn chwaith.

'B… Be… ?'

'Wyau,' medda Dad. 'Ma rhywun wedi pledu'r tŷ
hefo wyau… '

Dim ond yn nhŷ Bethan roedden ni wedi bod. Awr,
awr a hanner ar y mwya. A thra buon ni allan roedden
nhw wedi gwneud y llanast ma. Y nhw. Y tro yma
ddywedodd Dad ddim byd. Doedd 'na ddim
damcaniaethu. Dim dyfalu. Roedden ni'n tri'n amau'n

gry. Mam a fi'n beio Dad yn ddistaw bach ond yn dweud dim byd. Teimlais yn oer wrth feddwl am Nev a'r lleill. Mae'n rhaid eu bod nhw wedi bod yn gwylio'r tŷ, yn disgwyl i ni fynd allan. Ond os mai dyma oedd dial hogia Graig Isa', rhyw ddial digon plentynnaidd oedd o yn y diwedd. Lluchio wyau. Dim byd gwaeth na rhyw hen driciau Calan Gaeaf, er mai petha digon hyll oedd y rheiny. Ac roedd modd glanhau peth fel hyn, on'd oedd? Doedd 'na ddim byd wedi torri na neb wedi brifo. Roeddwn i'n trio 'ngorau glas i 'nghysuro fy hun, ond doeddwn i'n teimlo fawr gwell.

'Mae hi'n rhy dywyll i wneud dim byd heno. Mi wna i 'i olchi o yn y bora,' medda Dad. Roedd o'n dawelach nag arfer. Dim tantro. Dim traethu. Dwi'n meddwl ei fod o wedi cael dipyn o sioc. Chysgais i fawr y noson honno, a phan wnes i mi oeddwn i'n breuddwydio hen freuddwydion styrblyd, yn gweld wyneb Nev yn gwisgo sbectol Citi Cacan Wy ac yn chwythu mwg i fy wyneb i…

Roedd staeniau'r wyau'n edrych yn waeth yng ngolau dydd. Gwaith sgwrio a sgwrio a nôl sawl pwcedaid o ddŵr poeth. Crebachodd pennau fy mysedd yn y dŵr fel maen nhw'n ei wneud ar ôl mwydo yn y bath.

Es i ddim i'r ysgol y diwrnod hwnnw.

Pennod 5

'Mae Cae Swings yn waeth nag erioed! Dim ond poteli a chaniau cwrw ym mhob man. Faint haws ydw i â deud wrth yr heddlu? Does neb yn gneud diawl o ddim byd... !'

Edrychodd Mam a fi ar ein gilydd. Bu pythefnos ers miri'r wyau. Wedyn dim, diolch byth. Ces innau lonydd yn yr ysgol. Roedden ni wedi gobeithio y byddai pethau'n tawelu, mynd yn angof, er ein lles ni i gyd. A dyma fi'n dweud wrtho fo. Calliwch, Dad. Be 'di'r pwynt? Tynnu'r hogia ma i'ch pen. I be?

'Er mwyn y plant bach ma,' meddai. 'Plant y dre ma. Ydyn nhw'n haeddu hyn? Eu lle chwara nhw'n drybola o fudreddi? Ti erioed wedi anghofio am Siwan a'r hen syrinj 'na'n barod?'

Na, doeddwn i ddim wedi anghofio. Ond mi oeddwn i wedi llwyddo i wthio'r cyfan i gefn fy meddwl, i ganol y mwrllwch a'r llwch lle'r oedd dyddiadau rhyfeloedd a fformiwlâu a rysetiau Citi a phopeth arall nad oeddwn i'n dymuno meddwl amdanyn nhw. A rŵan, dyma Dad yn ei rôl *Superman* eto, yn pigo 'nghydwybod i. Fo oedd yn iawn yn y bôn. Ond un dyn oedd o, dyn oedd wedi gwneud niwsans ohono'i hun yn y gorffennol yng ngolwg yr heddlu. Riportio hyn a riportio'r llall a rŵan doedden nhw'n cymryd dim sylw ohono fo. Roedd o'n destun sbort bellach, yn jôc, felly pan oedd arno angen yr heddlu go iawn, doedden nhw ddim yn gwrando. Roedd rhan ohono i'n teimlo bechod drosto fo, a'r rhan arall yn teimlo'n flin hefo fo.

Roedd Dad erbyn hyn wrthi'n ymbalfalu yn nroriau'r gegin.

'Be ti'n neud rŵan?' medda Mam. Ers i Dad golli'i waith oherwydd bod y Lle Llaeth wedi cau roedd Mam druan wedi gorfod ei ddioddef drwy'r dydd, bob dydd, yn stwna o gwmpas y tŷ. Rhy hen i gael rhagor o waith ac yn rhy ifanc i riteirio. Dyna fyddai hi'n ei ddweud o hyd. A rŵan bod Dad wedi trwsio ac aildrwsio a weirio ac ailweirio popeth o gwmpas ein tŷ ni a thai degau o bobol eraill, weithiau gyda chanlyniadau trychinebus – llwyddodd i ffrwydro ffrij Nain wrth drio'i dadmer hi drwy benderfynu torri drwy'r rhew hefo cŷn a morthwyl – roedd o'n chwilio am rywbeth arall i'w wneud. Ia, troi'n blisman, yn bennaf, am nad oedd Heddlu Gogledd Cymru'n dda i ddim ond i lechu mewn lonydd cefn yn pwyntio camerâu cyflymder drwy ffenestri faniau ar bobol ddiniwed fath â fo'i hun a neiniau pobol. Ac mi oedden nhw'n rhy fyr, medda fo. Y plismyn, nid y neiniau.

'Dy Yncl Jac Plisman erstalwm yn sics ffwt ffôr a doedd neb yn meiddio bod yn bowld hefo fo!' Dyna fyddai byrdwn Dad bob amser. Mi oedd hyn yn ôl yn 1964, cofiwch, pan oedd plismyn yn mynd i bobman ar gefn beic a'r petha gwaetha oedd pobol yn ei wneud oedd dwyn rwdins yn y nos. Welais i erioed 'mo fy Yncl Jac Plisman. Ewyrth i Dad oedd o go iawn ac mi fu farw cyn i mi gael fy ngeni, ond doedd hynny ddim yn rhwystro Dad rhag sôn amdano fo bob cyfle gâi o. Fo oedd prif gymeriad bob stori ges i gen Dad cyn mynd i gysgu erstalwm – Yncl Jac Plisman yn dal lladron, Yncl Jac Plisman yn rhoi cweir i blant drwg, Yncl Jac Plisman yn stripio i lawr at ei drôns ac yn neidio o ben Bont Ffrydia i'r afon i achub rhyw ddyn rhag boddi. Roedd hi'n amlwg bod Dad yn rhoi stretj ar betha'n aml gan fod Mam yn tynnu stumiau tu ôl i'w gefn o ac yn gwneud i mi chwerthin. Mi fyddai hynny'n gwylltio Dad.

'Ia, hawdd y gellwch chi'ch dau chwerthin, ond tasa na fwy o blismyn fath â Yncl Jac heddiw mi fasa na lot llai o droseddu!'

O oedd, mi oedd Yncl Jac yn arwr mawr i Dad. Efallai mai dyna pam roedd o gymaint o isio bod yn blisman ei hun, er mwyn cael rhoi trefn ar bawb a phopeth.

Erbyn hyn roedd Dad wedi gorffen chwilio drwy'r drôr. Mi ddaeth ei sŵn o a Mam yn cecru ar ei gilydd â fi'n ôl i'r presennol.

'I be ti isio'r rheina, Now? Ti newydd fynd â'r rhai dwaetha o'r drôr rŵan… !'

Bagiau bin. Rhai mawr du.

'Mi ddangosa i iddyn nhw!' medda Dad.

'Dangos be i bwy?'

'Y llanast ma. Y poteli diod a'r cania a'r nialwch i gyd. Os na ddaw'r heddlu at y llanast, mi a' i â'r llanast atyn nhw!'

Na. Na, na, na! Ond roedd o'n benderfynol. Gadawodd y tŷ am Cae Swings a'r bagiau o dan ei gesail. Roedd Mam yn gwaredu a finna… wel, yn poeni. Roedd o'n gwneud ffŵl ohono'i hun, on'd oedd?

A gwaeth fyth. Roedd o'n mynd i wneud ffŵl ohono inna.

A wedyn mi fyddai hogia Graig Isa'n cael gafael ynof fi.

Nid ffŵl yn unig fyddwn i. Nid dim ond chwerthin am fy mhen i fasai Nev a'i fêts.

Na.

Chwerthin i ddechra.

Fy lladd i wedyn.

Pennod 6

Mae Geth a fi'n fêts ers erioed. Wel, ers rysgol bach, ac mae hynny bron yr un peth, tydi? 'Dan ni reit wahanol mewn lot o betha, ac efallai bod hynny'n beth da. Un bychan, sydyn ydi o. Uffar o bêl-droediwr bach da. Dydan ni ddim hyd yn oed yn cefnogi'r un timau. Man U ydi 'nhîm i, ond mae Geth yn wyllt dros Wrecsam a does dim ots ganddo fo pwy sy'n gwybod chwaith. Dyna sy mor grêt amdano fo. Mae ganddo fo'i feddwl ei hun ac mae o'n cael ei barchu am hynny, hyd yn oed gan hogia caled fel Nev a Blew. Taswn i'n meiddio bod yn wahanol mi faswn i'n cael llwyth o stic a phawb yn tynnu arna i. Mae brawd mawr Geth yn bocsio ac yn gweithio fel bownsar yn yr Equinox. Efallai fod hynny'n esbonio pam ei fod o'n cael llonydd gan bawb bob amser. Ac roeddwn inna'n cael llonydd yn ei sgil o. Tan rŵan. Rŵan doedd cael Geth yn ffrind gorau hyd yn oed ddim cweit yn ddigon.

'Be sy gin y pen bach Nev Skin 'na yn dy erbyn di'r dyddia yma?'

'Pam ti'n gofyn?' Doeddwn i ddim wedi sôn wrtho fo am anturiaethau Dad. Gormod o gywilydd, mae'n siŵr. Hyd yn oed hefo Geth roeddwn i'n trio ymddwyn yn cŵl, er ei fod o'n llwyddo i weld drwy'r brafado bob amser.

'Mi driodd o dy faglu di gynna tu allan i'r bogs, do?'

'O, hynny... '

'Paid â chogio hefo fi, Dyl.'

'Be ti'n feddwl... ?'

'Dwi'n gweld trwy dy falu cachu di, sti!'

Roeddwn i'n gwybod hynny, doeddwn? Mi fu bron i mi wenu, nes dywedodd Geth wedyn:

'Dwi wedi eu clywed nhw'n siarad, beth bynnag.' Edrychodd o ddim arna i wrth iddo siarad, fel pe bai o'n dallt 'mod i isio cyfle i roi golwg ddidaro ar fy wyneb. Ond roedd o a finna'n gwybod 'mod i'n dechrau cachu brics.

'Siarad? Siarad be, 'lly?'

'Bod nhw'n mynd i dy gael di, de?' Wedyn mi edrychodd Geth arna i, i fyw fy llygaid i. Dyma fi'n dweud y cwbwl am Dad wrtho fo, yn tynnu hogia Graig Isa' yn ei ben wrth ddweud wrth yr heddlu mai nhw oedd yn gyfrifol am y llanast yn Cae Swings a ballu.

'Ac mae fanno reit wrth ymyl 'ych tŷ chi, dydi?' medda Geth. Nid cwestiwn oedd o. Mi oedd Geth yn gwybod hynny'n iawn o achos mae o wedi hanner byw yn ein tŷ ni ers pan oedd o'n ddim o beth. Ffordd arall o ddweud bod y diawlad hyll yn gwybod lle'r oeddwn i'n byw oedd o.

'Nhw luchiodd y wyau 'na,' meddwn i. 'Garantîd,' gan sylweddoli 'mod i'n dechrau swnio fath â Dad. Ond roedd o'n ormod o gyd-ddigwyddiad, yn doedd? Ac mi oedd yna bethau eraill hefyd, ers i hynny ddigwydd: galwadau ffôn di-enw ganol nos; caniau cwrw'n cael eu taflu i'r ardd a Dad yn mynd yn fwy lloerig fyth. Teimlais bwl o ddicter sydyn tuag ato fo. Arno fo roedd y bai am hyn i gyd. Pe bai o ddim ond yn ymddwyn fel pobol normal, gadael i betha fod…

'Pam oedd rhaid iddo fo fusnesa, Geth… ?'

'Fo sy'n iawn, cofia.'

'Be… ?'

'Ma'r ffernols yna'n creu hafoc yn y dre ma. Yn yr ysgol. Pawb eu hofn nhw. Hyd yn oed yr heddlu… '

'Felly, be sy'n gneud i'r dyn 'cw feddwl y medar o'u sodro nhw ar ei ben ei hun, ta?'

Cododd Geth ei ysgwyddau a gwenu'n gam. Nos Wener oedd hi. Mi oedd ganddo fo drêning pêl-droed felly mi ffarwelion ni wrth Bont Ffrydia ac mi gychwynnais am adra ar fy mhen fy hun. Fel roedden nhw'n gwybod y baswn i, siŵr Dduw.

Welais i neb i ddechrau. Ac yna roeddwn i wedi fy mwrw i'r llawr. Roedd hi fel pe bai sach o datws wedi disgyn arna i. Fedrwn i ddim anadlu. Ergyd ar ôl ergyd nes i mi golli 'ngwynt yn llwyr. Ergydion o bob cyfeiriad. Doeddwn i ddim yn teimlo'r boen yn syth oherwydd bod popeth yn digwydd mor sydyn. Dwi'n cofio dal fy nwylo dros fy wyneb, ac roedd anadlu bron yn ormod o ymdrech. Teimlais rywbeth cynnes, gludiog yn llifo i fy llygad, i fy ngheg. Wedyn aeth pobman yn ddu...

Pennod 7

Deffrais mewn stafell wen. Roedd hi fel pe bai gormod o olau ynddi. Caeais fy llygaid bron yn syth. Roedd fy ochr i'n brifo bob tro roeddwn i'n anadlu'n ddwfn. Teimlai fy moch chwith yn ddiffrwyth fel pe bawn i newydd fod yng nghadair y deintydd. Roedd hi'n ddistaw yno, ond gwyddwn nad oeddwn i ar fy mhen fy hun. Mentrais agor fy llygaid eto, a gweld Mam wrth ochr fy ngwely. Ond nid fy ngwely i oedd o chwaith, gwely diarth, caled, cul ac uchel.

'Lle… be… ?' Ond pan driais i siarad, ddaeth 'na ddim byd ond gwich ac mi glywais lais Mam yn dod o bell ac yn dweud: 'Shh, rŵan, paid â thrio siarad, 'y ngwas i… ' ac mi welais i gysgod tywyll yr un siâp â Dad yn sefyll wrth draed y gwely.

'Iawn, washi?'

Mi wnes inna rywbeth hefo ochr fy ngheg oedd i fod i edrych fath â gwên.

'Ffernols,' medda fo wedyn. 'Mi gân nhw dalu am hyn!'

'Paid, Now. Dim rŵan.' Roedd llais Mam yn

dawel, yn benderfynol ond mi oedd golwg uffernol o flinedig arni. Teimlais yn euog heb wybod yn iawn pam. Nid fy mai i oedd hyn. Wedyn mi agorodd y drws a daeth nyrs ifanc i mewn. Gwenodd arna i ond roedd hi'n anodd gwenu'n ôl. Gwnes yr un geg ag a wnes ar Dad gan sylweddoli 'mod i'n edrych yn debycach i'r creadur afiach 'na sy'n dringo allan o ban y toiled yn hysbyseb Domestos.

'Mi gest ti dipyn o stîd ganddyn nhw, 'yn do, cyw?' meddai hi. Roedd hi'n edrych yn debyg i Bethan fy chwaer, heblaw nad ydi Bethan ddim yn gwenu rhyw lawer a dydi hi byth yn gwenu arna i. Tynnu ar ôl Dad, mae'n rhaid. Mi wenodd hwnnw arna i gynnau am y tro cyntaf ers pan oeddwn i tua tair oed. Fi ydi'r un annwyl, yn debycach i deulu Mam. Dwi'n meddwl yn sydyn am deulu Dad. Pobol fath ag Yncl Jac Plisman oedd yn dychryn plant bach ac yn leinio pawb. Wedyn mi agorodd y drws eto ac mi ddaeth Yncl Jac Plisman ei hun i mewn, wedi codi o farw'n fyw. Mae'n rhaid 'mod i wedi cael mwy o gnoc ar fy mhen nag oeddwn i wedi sylweddoli os oeddwn i'n dechrau gweld ysbrydion! Mi ddaeth o'n nes at y gwely a dyma fi'n sylweddoli nad gweld petha oeddwn i. Plisman oedd o, mewn iwnifform. Un go iawn, nid ysbryd Yncl Jac.

'Ydi o'n medru siarad?' medda fo dros y lle fel tasa pawb yn y stafell yn fyddar, nid jyst fi.

'Rhyw fymryn,' medda Mam.

'Ti'n medru siarad, boi?' medda fo wedyn wrtha i. Sawl gwaith oedd isio dweud wrtho fo? Ac roedd hi'n amlwg yn ôl y ffordd roedd o'n gweiddi ei fod o'n meddwl bod 'na rywbeth yn bod ar fy nghlustiau i hefyd.

'Yndw,' meddwn i.

'E?' medda'r plisman. Fo oedd yn fyddar felly. Gwenodd y nyrs glên arno fynta hefyd, ond wnaeth o ddim sylwi am ei fod o'n rhy brysur yn edrych ar ei bronnau hi.

'Isio rwbath i'w yfed, del?'

'Te, plîs. Dau siwgwr,' medda Plisman Puw.

'I Dylan roeddwn i'n gofyn,' medda'r nyrs. Stopiodd hi wenu a llwyddo i edrych yn reit flin. Aeth wyneb mawr y plisman yn binc i gyd. Yn sydyn, mi oedd arna i isio chwerthin o achos ei fod o'r un lliw yn union â thamaid o ham.

'Wel? Pwy wnaeth hyn i ti?' medda fo.

Dad atebodd.

'Oes isio gofyn?' medda fo. 'Mae hi'n amlwg pwy wnaeth, tydi? Y petha Graig Isa 'na, te? Yr un iobs sy'n cymryd drygs ac yn meddwi yn Cae Swings 'cw. Yn pledu tai pobol hefo wyau, malu ffenestri, gwneud galwadau ffôn di-enw… ' Mi oedd Dad wedi dechrau colli arno'i hun ac yn gweiddi bron cymaint â ddaru'r plisman gynnau. Ond mi lwyddodd hwnnw'n rhyfeddol i anwybyddu pregeth Dad.

'Welaist ti pwy wnaeth?' medda fo wedyn wrtha i.

Welais i ddim llawer o ddim byd, a dweud y gwir, oherwydd eu bod nhw wedi neidio arna i o'r tu ôl. Mi rowliais inna'n belen i drio fy amddiffyn fy hun rhag eu dyrnau nhw a'u traed nhw cyn i bopeth fynd yn ddu. Ond nhw oedden nhw: Nev a Llion a'u mêts. Mi oedd y chwerthin a'r rhegfeydd yn dal i ganu yn fy nghlustiau i. Dechreuais deimlo'n sâl wrth feddwl am y peth. Mae'n rhaid fod y nyrs wedi sylwi fy mod i'n troi'r un lliw â Shrek, achos mi ruthrodd at ochr y gwely hefo rhyw ddesgl wedi'i gwneud allan o stwff bocsys wyau ac mi chwydais inna fy mherfedd yn ddel iddi reit o dan drwyn y plisman-lliw-ham.

'Ella basa hi'n well i chi ddod yn ôl wedyn,' medda'r nyrs. 'Mi gewch chi fynd am banad os leciwch chi. Mae 'na beiriant te a choffi ar waelod y coridor... ' Ac mi wnaeth hi ryw wyneb 'gwna-dy-de-dy-hun-y-diawl' arno fo.

Mi wnaeth yntau wyneb 'wel-am-blydi-niwsans-gorfod-aros-yn-fama'n-hirach-na-sy-rhaid' arni hithau, ond mynd ddaru o ac mi ges inna lymaid o Lucozade cynnes a mwythau bach ar fy nhalcen gan Mam.

'Paid ti â siarad hefo neb nes dy fod ti'n teimlo'n hollo barod, 'y nghariad bach i,' meddai hi.

'Blydi hel, Dilys. Nid wyth oed ydi o!' medda Dad. Tipical. Fo ydi'r babi. Gwylltio am ei bod hi'n rhoi sylw i mi, ac nid iddo *fo*, mae'n siŵr.

'Gad lonydd i'r hogyn, Now!' Da iawn, Mam.

'Ond mi fydd yn rhaid iddo fo siarad hefo'r plisman ma, 'yn bydd, Dilys? Rŵan ydi'i gyfla fo i roi'r haflug yna dan glo!'

Pan glywais i hynny mi aeth fy stumog i'n sâl eto. Mi oedd hi fel tasa popeth yn dibynnu arna i rŵan, a rhywsut mi oedd hynny'n fy nychryn i. Roedd popeth yn troi'n wyllt yn fy mhen i. Dweud mai Nev Skin a'r criw roddodd gweir i mi? Bydda hynny'n gwneud petha'n waeth. I mi? I ni, fel teulu? Wedi'r cyfan, doedd Dad ddim tamaid callach yn riportio petha i'r heddlu, nag oedd? Dyna pam y digwyddodd hyn. Am ei fod o wedi cario clecs am hogia Graig Isa yn y lle cynta.

Doeddwn i ddim yn gwybod beth i'w wneud. Felly dyma fi'n cogio 'mod i'n dal yn teimlo'n sâl, gwneud llygaid llo ar y nyrs ac ar Mam a gwneud fy ngorau i osgoi llygaid Dad.

Ond doedd gen i ddim dewis. Dim ond gohirio pob dim roeddwn i.

Byddai'n rhaid i mi feddwl yn ofalus iawn ynglŷn â beth i'w wneud nesa.

Pennod 8

Mi ges i fynd adra yn y bore. Roedden nhw isio 'nghadw fi i mewn dros nos rhag ofn bod yna ryw niwed i fy mhen i. Chwerthin ddaru Geth pan glywodd o hynny.

'Mi fasa hi'n wahanol pe bai gen ti rwbath yn y penglog 'na!' medda fo. Jôc oedd hi, wrth gwrs. Ffordd Geth o drio codi 'nghalon i, ond mi wnaeth i mi feddwl. Roedd hi'n hen bryd i mi ddefnyddio'r mymrym brên oedd gen i.

Pe bawn i'n dweud mai Nev a'r lleill oedd yn gyfrifol, mi fyddai'r heddlu'n mynd i'w holi nhw. Ond doedd gen i ddim tystiolaeth, gan nad oedd neb arall wedi gweld y peth. O, na, roedd yr hogia wedi gwneud yn siŵr o hynny. Doeddwn i ddim wedi cael golwg iawn arnyn nhw chwaith, dim ond wedi clywed eu lleisiau nhw. Roedd hi wedi dechrau tywyllu, felly fy ngair i fasa hi yn erbyn eu gair nhw ac mi fasan nhw wedi gwneud yn saff bod ganddyn nhw bobol i ddweud celwydda drostyn nhw. Dweud eu bod nhw yn rhywle arall ar y pryd. Roedden nhw'n gwneud petha felly o hyd.

'Mi gest ti goblyn o stîd,' meddai Geth. 'Ddaru nhw dorri dy asenna di?'

'Naddo, diolch byth. Dim ond cleisio,' meddwn inna. Ond mi oedd yn rhaid i mi gael pwyth uwch ben fy llygad chwith.

'Ti am ddeud rhwbath?'

Ysgydwais fy mhen. Ddywedodd Geth ddim byd ond gwyddwn ei fod o'n dallt. Sy'n fwy na ddaru Dad.

'Be? Ti ddim am ei riportio fo? Ond pam?'

'Dwi ddim yn gwbod yn iawn pwy wnaeth, nac'dw?'

'Paid â malu! Ti *yn* gwbod… !'

'Nac 'dw!' meddwn i, 'Mi oedd hi'n twllu, doedd? Y cwbwl wn i ydi bod 'na lwyth ohonyn nhw. Mi ddigwyddodd pob dim mor sydyn… !'

Doedd o ddim yn fy nghredu i, ond doedd dim ots gen i. Fi oedd yn gorfod byw yn eu canol nhw yn yr ysgol bob dydd. Fi oedd yn gorfod cerdded adra ar fy mhen fy hun yn y tywyllwch. Fi oedd yn gorfod dioddef.

Ddaeth y plisman ddim yn ei ôl i fy holi i chwaith. Roeddwn i'n falch o hynny, er bod Dad yn gweld bai arno fo nad oedd o'n gwneud ei job yn iawn. Roedd y ddau wedi croesi cleddyfau o'r blaen oherwydd yr helynt hefo'r bagiau bin.

'Sut dw i'n gwbod nad ydach chi wedi hel yr holl

stwff ma o finia pobol eraill?' medda fo wrth Dad bryd hynny. 'Does neb arall yn cwyno am ymddygiad pobol ifanc yn y cae chwarae 'na heblaw amdanoch chi. Od, te?' Roedd hi'n amlwg nad oedd o'n ei gredu o, ac am ei fod o wedi colli amynedd hefo Dad, doedd ganddo fo fawr o amser i minnau chwaith. Nid bod hynny'n fy mhoeni i. I'r gwrthwyneb. Llonydd roeddwn i isio rŵan. Llonydd i anghofio lol a helynt yr wythnosau diwetha ma.

Wrth lwc, roedd yr ysgol ar fin torri ar gyfer gwyliau'r Nadolig. Fyddai dim rhaid i mi fynd yn fy ôl i wynebu neb tan fis Ionawr. Erbyn hynny, mi fyddai fy llygad wedi gwella a byddai pawb wedi anghofio am fy helynt i. Roedd y tywydd wedi oeri ac o ganlyniad, doedd fawr o neb yn dod i'r Cae Swings, diolch byth. Tawelodd pethau. Dechreuodd Dad hefru am betha eraill, fel prisiau tyrcwn a choed Dolig ac ati, a'r rwtsh oedd yn mynd i fod ar y teledu dros yr ŵyl.

'Ma hi'n gaddo eira,' medda Mam.

'Wneith hi ddim bwrw eira, siŵr. Ma hi'n rhy oer,' medda Dad, fel tasa isio estyn sbectol haul a siorts cyn basa hynny'n digwydd.

'Paid â rwdlian, Now,' medda Mam.

'Ia, peidiwch â rwdlian, Dad,' meddwn inna er mwyn dangos cefnogaeth i Mam. Edrychodd arna i fel bydd Homer Simpson yn edrych ar Bart cyn iddo fo ddechrau'i dagu o.

'Chi'ch dau sy'n rwdlian yn deud ei bod hi am eira,' medda fo.

'Dyn y tywydd ddudodd, nid y fi,' medda Mam.

'Wel, ma hwnnw'n rwdlian hefyd, ta,' medda Dad wedyn, yn mynnu cael y gair ola.

Mi oeddwn i wedi dechrau cael llond bol ar y ddau ohonyn nhw'n cecru ac yn gweld bai ar ei gilydd bob munud.

'Dwi'n mynd allan,' meddwn i.

'I le? Mae hi'n dywyll bron,' medda Mam. Roedd hi'n dal yn nerfus drosta i pan oeddwn i'n mynd allan ar fy mhen fy hun.

'Dim ond i dŷ Geth,' meddwn i.

Roedd pobman yn llonydd pan es i allan. Awyr lwyd. Y mymryn lleiaf o wynt. Edrychais i fyny a dyna lle'r oedden nhw. Yn disgyn yn araf. Yn arnofio bron ar yr awel.

Plu eira cynta'r flwyddyn.

Pennod 9

Mi wnaeth hi fwrw eira'n solet drwy'r nos. Roedd pobman yn edrych yn ddiarth ac yn hardd. Er 'mod i'n bedair ar ddeg, teimlais yr un cyffro â Siwan, a doedd honno ddim yn bedair eto. Ond wnes i ddim cyfaddef, chwaith. Yn enwedig wrth Dad, a oedd eisoes wedi dechrau traethu am beipiau dŵr yn rhewi a phob mathau o beryglon eraill.

Roeddwn i'n teimlo'n well o lawer. Efallai mai'r eira oedd yn gyfrifol am hynny. Mi landiodd Bethan a'r plant yn ystod y bore ac mi gawson ni bentwr o sbort yn gwneud dyn eira.

'Maen nhw'n disgwyl chwaneg ato fo,' oedd sylw Dad. Roedd o wedi newid ei gân erbyn hyn. Doedd ganddo fo ddim dewis bellach, nag oedd, a'r wlad i gyd yn edrych fel cerdyn Nadolig!

Pan adawodd y plant o'r diwedd, mi ddechreuais i deimlo'n ddiflas a braidd yn fflat. Roeddwn i wedi cael blas ar chwarae yn yr eira, ond rŵan bod y plant wedi gadael mi faswn i'n teimlo braidd yn wirion yn chwarae ar fy mhen fy hun. Cymerais fy amser yn dod yn ôl i mewn i'r tŷ.

'Niwmonia gei di,' medda Dad, yn gysur i gyd fel arfer.

'Panad?' gofynnodd Mam, ond cyn i neb gael cyfle i ateb, canodd y ffôn.

Rhewodd pawb ohonon ni a sbio ar ein gilydd. Roedd o'n dal i ganu a neb yn fodlon ei ateb. Felly y bu pethau ers i ni gael yr hen alwadau di-enw 'na, ac er na chawson ni'r un ohonyn nhw ers sbel, roedden ni'n dal yn nerfus.

'Wel, atebwch o, un ohonoch chi,' medda Mam o'r diwedd. Roedd tensiwn yn ei llais. 'Efallai'i fod o'n rhywbeth pwysig!'

Fi atebodd o'r diwedd. Geth oedd yno, diolch byth.

'Ti ffansi dod i sledio?'

Cytunais ar f'union. Roeddwn i'n ysu am gael bod allan o'r tŷ.

Roedd 'na fymryn o haul, ond dim digon i ddadmer yr eira chwaith. Roedd trwch go dda o hwnnw dros bob man. Teimlai'n braf o dan draed ac roeddwn i'n gynnes tu mewn er bod fy nghlustiau'n oer. Roedd yr oerni'n pigo'r briw uwch ben fy llygad ond doeddwn i ddim am adael i hynny 'mhoeni i heddiw.

Roedd Geth wedi dod i 'nghyfarfod i. Chwarae teg iddo fo. Doedd o ddim yn sôn rhyw lawer am yr hyn a ddigwyddodd i mi, ond roedd o'n gwneud ei orau i edrych ar fy ôl i heb wneud i mi deimlo'n annifyr. Roedd rhyw hanner dwsin o fechgyn yn chwarae o gwmpas ar Allt Fron, ond doedd neb o griw Graig Isa. Ymlaciais wedyn ar ôl gweld hynny. Roedd hi'n mynd i gymryd amser i mi ddygymod, ond fedrwn i ddim byw mewn ofn, na fedrwn? Ac roedd Geth hefo fi rŵan, yn doedd? Teimlwn yn saff hefo fo.

Mi gafon ni bnawn gwych, yn sledio, lluchio peli eira, chwarae'n wirion. Wrth gychwyn am adra roedden ni'n wlyb doman ac yn gobeithio am gnwd arall o eira cyn nos.

Rhyfedd fel mae petha'n berffaith un funud, a'r funud nesa mae popeth yn chwalu. Mi ddigwyddodd petha mor sydyn. Y belen eira ddaeth gyntaf gan daro Geth ar ei wegil. Nid pelen eira gyffredin mo hon chwaith. Roedd carreg ynddi. Trodd Geth yn wyllt ac yna mi welson ni nhw. Dafad a Llion a Nev. Roedden nhw'n ista ar y wal tu allan i'r capel o bobman. Ac yn chwerthin am ein pennau ni.

'Gad lonydd iddyn nhw, Geth,' meddwn i. Ond cyn i mi orffen siarad roedd Geth wedi plygu i chwilio am ei garreg ei hun i'w chuddio mewn lwmp o eira.

'Na, Geth! Paid… !'

Rhy hwyr.

'Cym honna'r bastad!' gwaeddodd Geth a dal Llion Blew ar ochr ei glust.

Mi aeth hi'n ryfel wedyn, y tri ohonyn nhw'n pledu Geth.

'Wel, paid â sefyll yna fath â hen ddynas!' medda Geth. 'Helpa fi!'

Roedd o wrthi'n ddewr yn pledu ac yn rhegi bob yn ail, un yn erbyn ciang fath â Clint Eastwood yn *A Fistful of Dollars*. Fedrwn i mo'i adael o i gwffio ar ei ben ei hun, na fedrwn? Taswn i yma ar fy mhen fy hun, mi faswn i'n cachu brics ac yn ei gleuo hi ond mi ddaru Geth fy ysbrydoli i rywsut. Llifodd yr adrenalin. Rowliais beli eira fel pe bai fy mywyd i'n dibynnu ar y peth. Rowlio. Pledu. Dowcio. Roeddwn i hyd yn oed yn dechrau mwynhau fy hun.

Ac yna mi aeth popeth o chwith.

Pennod 10

Mi ddaeth y car o nunlle. Un funud, roedd y lôn yn wag. Dim ceir. Dim pobol. Neb. Heblaw am Nev a Llion a Dafad yn ein pledu ni hefo peli eira. Fy nhro i oedd lluchio. Roedd chwerthin Nev a'r galw enwau yn f'atgoffa o'r noson ddaru nhw ymosod arna i. Collais arnaf fy hun yn lân. Aeth y gwaed i gyd i fy mhen i rywsut. Mi ges i nerth o rywle. Hyder. Geth a fi yn erbyn y byd. Wel, yn erbyn y cachwrs Graig Isa 'na beth bynnag. Sylweddolais yn sydyn nad oedd arna i mo'u hofn nhw bellach.

Cefais afael ar garreg fechan gron. Roedd ei siâp hi'n berffaith. Pacio'r eira wedyn yn gyflym amdani ac anelu. Nev oeddwn i isio. Hitio'r sglyfath Nev 'na reit rhwng ei lygaid...

Ond y car hwnnw ddaeth, de? *Mazda 6* glas metalaidd. Newydd sbon. Fel roeddwn i'n anelu am wyneb hyll Nev. Yna, twrw gwydr yn torri. Twrw brêcs. Shit! Daeth dyn solet mewn siaced ledr frown allan o'r car. Erbyn hyn mi oedd Nev a'r cachwrs eraill wedi ei heglu hi. Wrth i'r boi ddod yn nes, sylweddolais 'mod i wedi ei weld o yn rhywle o'r blaen ac roedd o'n amlwg yn fy nabod i o achos mai'r peth cyntaf ddywedodd o oedd:

'Chdi! Yr hogyn Pritchard 'na wyt ti, te? Hwnnw gafodd gweir.' Edrychodd arna i fel tasa fo isio rhoi un arall i mi yn y fan a'r lle. Roedd ei wyneb o'n fawr ac yn binc. Sylweddolais pwy oedd o. Doeddwn i ddim wedi ei nabod o heb ei iwnifform. Y plisman hwnnw ddaeth i fy ngweld i'r ysbyty, yr un un a fu'n cega hefo Dad ynglŷn â'r sbwriel yn Cae Swings.

'S… s… sori!' Roedd fy nannedd i wedi dechrau clecian. 'Nid trio'ch hitio chi oeddwn i… '

'Mae o'n deud y gwir!' medda Geth.

'Ofynnodd neb i chdi!' medda'r plisman yn sarrug. Edrychodd yn hir ar Geth druan fel pe bai o'n ceisio gwneud yn siŵr y byddai'n ei nabod o pe bai'n taro arno fo eto. 'Be ydi dy enw di, beth bynnag?'

'Gethin.'

'Gethin be?'

'Gethin Tomos… ' Roedd Geth yn dechrau anesmwytho erbyn hyn.

'Wel, Gethin Tomos… ' Anadlodd y plisman yn drwm. 'Dwi'n meddwl mai'r peth calla i ti ydi ei heglu hi am adra, os nad wyt titha isio reid mewn car heddlu hefyd!'

Rhewais pan glywais i hynny. Aeth Geth yn welw.

'Be… Dach chi rioed yn mynd i'w arestio fo?'

'Mae o wedi troseddu,' medda'r plisman. 'Difrodi eiddo. Criminal damej maen nhw'n ei alw fo, yli. Wyt ti'n gwbod faint ma gola ôl yn ei gostio i gar fel hyn?'

Ysgydwodd Geth ei ben. Teimlwn yn anweledig, bron. Roedden nhw'n siarad amdana i fel pe na bawn i yno. Mi ges i'r un teimlad pan ddaeth hwn i'r ysbyty hefyd. Roedd ganddo ddawn o wneud i bobol deimlo'n ddibwys. Yn ddim. Penderfynais ei atgoffa 'mod i'n dal i sefyll yno.

'Mi dala i,' meddwn i.

Trodd ac edrych i lawr arna i.

'O, gwnei,' meddai. 'Mi elli di fod yn reit saff o hynny!'

Roedd tinc bygythiol yn ei lais rŵan. Safodd Geth yno wrth fy ochr i yn edrych yn syn tra ymbalfalai'r plisman ym mhoced ei siaced am ei ffôn symudol.

'O, cym on!' medda Geth o'r diwedd. 'Jôc ydi hyn, de?'

'Ti'n dal yma?' Bu ond y dim i'r plisman pinc sgyrnygu arno fo.

'Ond... '

Plygodd y plisman nes bod ei wyneb mawr o fewn modfedd i wyneb Geth.

'Sbia ar y gola 'na,' meddai. 'Sbia arno fo! Ti'n galw hynna'n jôc, wyt?'

Pwyntiodd at din ei gar lle'r oedd y golau wedi cael peltan gan y belen eira. Y golau hir crand hefo'r bylbiau coch a gwyn bob yn ail yn graciau i gyd, fel gwên chwaraewr rygbi.

'Criminal damej!' medda fo am yr eildro. Gwenodd yntau ei hen wên dolciog ei hun cyn ffonio'i fêts.

Roedd o'n mwynhau hyn. Yn mwynhau fy ngweld i'n cachu brics. Yn mwynhau gweld y dagrau yn fy llygaid i.

Yn hynny o beth, doedd 'na fawr o wahaniaeth rhyngddo fo a Nev Skin.

Nag oedd.

Dim gwahaniaeth o gwbl.

Pennod 11

Doeddwn i erioed wedi bod mewn car heddlu o'r blaen. Dwi'n cofio teimlo llaw fawr y plisman ifanc hwnnw'n pwyso ar dop fy mhen i wrth iddo fy ngwthio i'r sedd ôl a dod i eistedd wrth fy ochr i. Eisteddai dau arall yn y tu blaen. Blydi hel. Pa mor beryglus oedden nhw'n ei feddwl oeddwn i? Roeddwn i'n teimlo fel Harrison Ford yn *The Fugitive,* dim ond bod Tommy Lee Jones, oedd yn chwarae rhan y plisman, yn hen foi iawn yn y ffilm honno. Yn edrych yn cŵl. Côt ledr ddu a jîns a phawb yn ei edmygu o. Hyd yn oed y dynion drwg. Mi oedd dreifar y car yma'n debycach i Jaci Soch nag i Tommy Lee.

Doedd neb yn siarad hefo fi. Daeth llais dros y radio yng nghanol rhyw graclo fel sŵn wyau'n ffrïo. Beth oedd yn mynd i ddigwydd rŵan? Roedd hyn yn lloerig. Iawn, ocê, mi wnes i beth gwirion. Anghyfrifol. Ond damwain oedd yr hyn a ddigwyddodd, de? Ac mi wnes i ymddiheuro. Cynnig talu am y golau, hyd yn oed. Roedd y cyfan fel rhyw

Jôc Ffŵl Ebrill a oedd yn dechrau mynd o chwith. Fedrwn i ddim credu bod hyn i gyd yn digwydd i mi.

Sylwais ar Geth yn dal i sefyll ar ochr y palmant. Edrychai'n fach ac yn unig. Cododd ei fawd arna i ond yn sydyn doedd gen i ddim awydd nac egni i wneud yr un peth yn ôl. Eisteddais yno'n llipa. Roedd yr holl hyder oedd gen i gynnau wedi mynd yn slwtj fel yr eira oedd yn dadmer yn fudr ar hyd y palmentydd wrth i ni yrru drwy'r dre. Rhoddais fy mhen i lawr. Roedd gen i ormod o gywilydd cael fy ngweld mewn car heddlu. Beth fasa Mam yn ei ddweud? A Dad. *Shit shit shit!* Doeddwn i ddim isio dechrau meddwl am y ffordd y basa fo'n ymateb.

Doedd gorsaf yr heddlu ddim yn bell. Pum munud o siwrnai. Ond teimlai fel pum awr. Roedd fy nillad i'n damp ac yn oer.

'Allan!' medda'r plisman ifanc a dal y drws ar agor i mi. Roedd o'n trio bod yn galed ond roedd hi'n amlwg nad oedd o ddim yn gymaint o fastad â'r lleill. Am ei fod o'n fengach, mae'n siŵr. Yn dal i gofio sut beth oedd lluchio peli eira. Mi glywais i sŵn ei stumog o'n chwyrnu pan oedd o'n eistedd yn fy ymyl i. Dim ond mynd adra i gael ei swper oedd yntau isio hefyd, mae'n debyg.

Mi ges fy hebrwng i stafell fechan a dim byd ynddi ond bwrdd a chadeiriau. Yr unig dro i mi fod yng ngorsaf yr heddlu o'r blaen oedd pan es i hefo Taid i ddweud ei fod o wedi hitio cath oedd wedi cymryd yn ei phen i groesi'r lôn o'i flaen o. Pe bai honno'n gwybod sut ddreifar oedd Taid mi fyddai hi wedi ailfeddwl. Ond y cwbwl ddaru'r plisman bryd hynny oedd gwenu'n gam ar Taid a gofyn yn reit goeglyd:

'Wel, be dach chi'n ddisgwyl i mi'i neud? Rhoi medal i chi?' A chwerthin wedyn.

Taid druan. Dim ond trio gwneud y peth anrhydeddus oedd o, de? Rhyw saith oed oeddwn i ar y pryd, a'r unig gof sydd gen i o'r lle oedd bod y cowntar yn andros o uchel, yn uwch na'r cowntar yn Siop Tsips. Ond welais i mo'r cowntar uchel y tro hwn, dim ond cael fy arwain i'r stafell honno.

'Ydi dy fam a dy dad adra?' medda rhyw blisman diarth mewn siwt. O, na! Mam a Dad!

'Oes rhaid deud wrthyn nhw... ? Ylwch, mi wna i dalu am y difrod. Damwain oedd hi, wir yr!' Roeddwn i'n agos at ddagrau, er ei bod hi'n gas gen i gyfaddef hynny. Dydi o ddim yn beth *macho* ofnadwy, nac 'di? Fasa Clint na Harrison Ford ddim yn teimlo isio crio pan oedd plismyn yn siarad yn flin hefo nhw, na fasan? Ond nid Harrison Ford oeddwn i, naci? Dylan Pritchard, pedair ar ddeg ofnus oeddwn i. Fel tasa hynny'n gwneud unrhyw wahaniaeth i'r rhain.

'Wel, ydyn nhw adra, ta be?'

'Rhif ffôn?'

Mi faswn i wedi lecio dweud: Chi ydi'r plisman. Chwiliwch amdano fo yn y llyfr. Ond wnes i ddim.

Gormod o gachwr, mae'n siŵr. P'run bynnag, nid dyma'r adeg i wthio fy lwc, naci?

Mi oeddwn i'n cachu plancia yn disgwyl am Mam a Dad. Isio'u gweld nhw ac ofn am fy mywyd hefyd. Wel, ofn yr hen ddyn yn fwy na Mam, de? Ofn yr hyn fasa fo'n ei ddweud.

Fedrwn i ddim stopio crynu. Oedd, roedd hi'n noson oer. Ond roedd o'n fwy na hynny, doedd? Ar ôl oes pys a ffa, mi agorodd y drws.

'Mam!'

'Dyl, 'y ngwas bach i!'

Dyna hi wedyn. Mi ddaeth y dagrau a doedd gen i ddim cywilydd. Mi oedd Mam yno ac roeddwn i'n gwybod yn ôl ei llais hi nad oedd hi'n gweld dim bai arna i.

'Yr hogia 'na, Mam… Skin a'r rheina… '

'Taw di, rŵan,' medda Mam a gafael amdana i. Mi oedd ogla lobscows arni. Dyna oedden ni'n mynd i'w gael i swper, mae'n rhaid.

Roedd Dad wrth ei sodlau hi. Roedd o'n gofyn i'r plisman yn y siwt, 'Rhowch y bil am y golau i mi rŵan er mwyn i ni gael mynd adra i gyd, wir Dduw! Does 'na ddim rheswm mewn peth fel hyn… !'

Roedd o'n dal ei lyfr siec yn ei law'n barod. Chwarae teg iddo fo. Teimlais yn gynnes tuag ato fo, nes trodd o ata i a dweud, 'Be oedd ar dy ben di'r lembo! Peli eira, ar f'enaid i!'

'Mae arna i ofn nad ydi petha mor syml â hynny, Mr Pritchard.'

Aeth Mam yn welw a daliodd yn dynnach yn fy llaw i. Aeth yr heddwas yn ei flaen, 'Mae'n rhaid i ni gael olion bysedd yr hogyn a ballu... '

'Olion bysedd!' Tro Mam oedd hi i roi ebwch rŵan. 'Nid troseddwr ydi o... '

'Yng ngolwg yr heddlu, Mrs Pritchard, *mae* Dylan wedi troseddu. Mae o wedi achosi difrod troseddol i eiddo... '

'Mae hyn yn lloerig!' gwaeddodd Dad. Mi oedd yntau'n gwbl loerig hefyd. Y cyfan oedd arna i ei isio oedd cael y cyfan drosodd er mwyn mynd adra o'r twll lle ma. Meddyliais am Nev a Dafad a Llion. Y ffernols! Roedden nhw'n gwneud gwaeth petha na hyn yn gyson, heb i'r heddlu gymryd sylw ac eto roedd yr heddlu'n pigo arna i. Doedd hi ddim yn deg.

Mi dynnon nhw fy llun i wedyn. *Mygshot*. Fel rhywun oedd wedi'i ddedfrydu i *Death Row*. Dim ond disgwyl iddyn nhw siafio un o 'nghoesau i rŵan a fy rhoi i yn y gadair drydan... ! Ond roedd gwaeth na hynny i ddod. Mi ddaeth un ohonyn nhw hefo rhywbeth tebyg i bric lolipop a chymryd swab o du mewn i fy moch i. Ar gyfer y DNA, meddan nhw. DNA o ddiawl. Roedd rhai o'r rhain wedi bod yn gwylio gormod ar *The Bill*!

Mi fuon ni yno am deirawr. Meddyliais am y

lobscows yn berwi'n sych. Roedd gen i bechod dros
Mam. Drostan ni i gyd.

Y bore wedyn, mi glywodd Dad bod 'na hogia
wedi malu ffenestri llwyth o siopau yn y stryd. Neb yn
gallu profi dim, medda Hefin Bwtsiar. Y camera
diogelwch gyferbyn â'i siop o ddim yn gweithio ers
misoedd, nag oedd? Ond roedd gen i syniad go lew
pwy fu yno'n creu llanast. A'r heddlu'n medru
gwneud dim.

Na, doedd bywyd ddim yn deg o gwbl.

Pennod 12

Roedd y stori amdana i'n cael fy arestio yn y papur lleol. Ches i mo fy enwi, wrth gwrs. Hogyn pedair ar ddeg oed o Bant Ffrwd, meddan nhw. Ond mi oedd pawb oedd yn fy nabod i'n gwybod mai fi oedd o, yn doedden? Roedd fy rhieni wedi cynhyrfu'n lân, ond am wahanol resymau, wrth gwrs. Mam o'i cho' wrth feddwl am bawb yn gwybod ein busnes ni ac yn camddehongli petha, ond roedd Dad ar ben ei ddigon, yn enwedig am fod y stori'n gefnogol iawn i mi ac yn llawdrwm ar yr heddlu. Rhyw adroddiad digon coeglyd oedd o, yn cogio canmol yr heddlu 'dewr' ac 'arwrol' am arestio 'drwgweithredwr' fel fi! Roedd hi'n amlwg i bawb, wrth gwrs, mai'r heddlu oedd yn cael pegan am orymateb: *'Gan ddangos dewrder eithriadol ac ymroddiad diflino i'w swydd, arestiwyd bachgen pedair ar ddeg oed gan heddwas a oedd yn mwynhau diwrnod o wyliau ar y pryd! Aethpwyd â'r bachgen i'r ddalfa'n syth. Ei drosedd? Taro car yr heddwas yn ddamweiniol gyda phelen eira.'*

'Eitha gwaith,' medda Dad. 'Mi ddylsan nhw fod

allan yn dal troseddwyr go iawn fel rheina dorrodd ffenestri Hefin Bwtsiar yn fwriadol. Rŵan tasa 'na blismyn heddiw fath ag Yncl Jac erstalwm… '

'Panad, rywun?' gofynnodd Mam, a boddwyd ei lais yn sŵn y tegell yn berwi.

Ganol y pnawn, mi landiodd Geth.

'Welist ti fy hanes i yn y papur?' meddwn i. Erbyn hyn roedd y syniad wedi dechrau cydio. Enwogrwydd a ballu. Pobol yn sbio arna i fel rhyw fath o arwr. Yr Hogyn Gafodd Fai ar Gam.

Ond chymrodd Geth fawr o sylw o hynny. Teimlais iddo fy nghlwyfo braidd. Bu bron i mi bwdu hefo fo am dipyn, ond ches i ddim cyfle. Roedd o'n berwi isio dweud rhywbeth.

'Chlywist ti ddim?' medda fo. Mi oedd ei lygaid o'n sgleinio yn ei ben.

'Clywed be?'

'Nev a'r hogia.'

'Be amdanyn nhw?'

'Maen nhw wedi dwyn car y prifathro!'

'Pa brifathro… ?'

'Prifathro'n hysgol ni, siŵr iawn!' Mi oedd Geth yn anadlu'n gyflym. Roedd hi'n amlwg ei fod o wedi rhedeg yr holl ffordd i'n tŷ ni.

'Sut wyt ti'n gwbod?'

'Mrs Jôs Marmalêd ddudodd wrth Nain. Mi ddaru nhw sgrialu i lawr Lôn Ffrydia a'r heddlu wrth eu tina nhw! Seirens yn sgrechian, golau glas, popeth!'

Dychmygais y Mercedes lliw aur yn croesi Pont Ffrydia a Nev Skin wrth y llyw. Heblaw bod y syniad yn un mor frawychus, mi fyddwn i wedi chwerthin. Rhyw snichyn cringoch, hefo trwyn main a breichiau meinach yn trio dal y Mercedes pwerus wrth gymryd y tro ar waelod yr allt. Ond meddwl wnes i am blant bach yn chwarae ar ochr y palmant, hen wragedd yn trio croesi'r lôn, neu gŵn strae... Fyddai hogia Graig Isa'n poeni dim am neb. Ac mi fyddai yna gwrw yn eu bolia nhw hefyd, wrth gwrs, a Duw a wŷr beth arall! Cyffuriau, efallai, yn gwneud eu penna nhw'n wirionach nag oedden nhw'n barod. Roedd Blew wedi'i ddal hefo'r rheiny'n ei feddiant cyn heddiw.

'Duw â'n gwaredo!' medda Mam.

'Ffernols drwg!' medda Dad. 'Ddudis i ddigon amdanyn nhw...!'

Am unwaith ddaru neb ddadlau.

Lladdwyd Nev yn syth, meddan nhw. Nid y fo oedd yn gyrru, chwaith. Dafad oedd wrth y llyw. Mi fu'n rhaid iddyn nhw ei dorri fo allan o'r car a bu farw yn yr ambiwlans ar y ffordd i'r ysbyty. Bu Llion Blew'n hofran rhwng byw a marw am ddeuddydd ond roedd ei anafiadau yntau'n rhy ddifrifol iddyn nhw allu gwneud dim mwy iddo. Uffar o beth i Preis Prifathro hefyd, ei gar yn rhacs, a fynta'n mynd i orfod sôn am y peth yn y gwasanaeth ar ôl i ni ddychwelyd i'r ysgol. Gwybod eu bod nhw wedi marw yn ei gar o.

'Diawl o beth,' meddwn i wrth Geth chydig ddyddia wedyn pan alwodd o acw.

'Ia,' medda fynta.

Anodd gwybod beth i'w ddweud, doedd? Doedd dim ots am gachu ci yn Cae Swings a ffenestri wedi malu ac ati rŵan. Roedd hyn yn fwy na phopeth. Yn fwy na chael cweir ar Bont Ffrydia, na'r reid yng nghar yr heddlu. Ddywedodd Dad fawr o ddim byd chwaith. Doedd dim rhaid iddo fo, nag oedd? Ond fedrwn i ddim rhagrithio, a fedrwn i ddim dechrau hoffi hogia Graig Isa' dim ond oherwydd yr hyn ddigwyddodd. Fedrwn i ddim maddau iddyn nhw a fedrwn i ddim peidio dweud y gwir wrth Geth chwaith, er bod Nev a Llion wedi eu lladd.

'Mi ro'n i'n casáu Nev Skin,' meddwn i. Edrychodd Geth arna i. Mi oedd o'n dallt.

'A finna,' medda fo.

'A Blew a Dafad.'

'Wn i.'

Ond doedden ni ddim wedi dymuno i'r un ohonyn nhw farw chwaith. Erioed wedi dychmygu'r fath beth yn digwydd.

'Uffar o gosb hefyd,' medda Geth wedyn.

'Ia,' meddwn inna. Be arall fedrwn i ei ddweud? Be arall oedd 'na i'w ddweud? Uffar o gosb. Y gosb eitha.

Mi es i ddanfon Geth adra. Trwy'r stryd, heibio gwaelod Allt Fron lle buon ni'n sledio ar y diwrnod y ces i f'arestio. Cerdded adra wedyn heibio i dŷ Mrs Jôs Marmalêd.

A theimlo'n euog.

Achos doedd arna i ddim ofn.

Fyddai yna neb i alw enwau hyll arna i. Neb i regi arna i. I fy mhledu hefo cerrig. I wneud hwyl am fy mhen. I fygwth cweir i mi.

Doedd yr hogia ddim yna rŵan.

Fi oedd yno. Fi oedd ar ôl. Fath â Clint Eastwood.

Ond rhyw hen deimlad digon gwag oedd o.

Sefyll yno ar fy mhen fy hun fel arwr mewn ffilm gowbois yn gwylio'r machlud yn diferu'n goch dros Bont Ffrydia.

pen dafad

Bach y Nyth
Nia Jones 0 86243 700 8

Cawl Lloerig
Nia Royles (gol.) 0 86243 702 4

Ceri Grafu
Bethan Gwanas 0 86243 692 3

Gwerth y Byd
Mari Rhian Owen 0 86243 703 2

Iawn Boi? ;-)
Caryl Lewis 0 86243 699 0

Jibar
Bedwyr Rees 0 86243 691 5

Mewn Limbo
Gwyneth Glyn 0 86243 693 1

Noson Boring i Mewn
Alun Jones (gol.) 0 86243 701 6

Sbinia
Bedwyr Rees 0 86243 715 6

Llyfr Athrawon Pen Dafad (Llyfr 1)
Meinir Ebsworth 086243 803 9

Sgwbidŵ Aur
Caryl Lewis 086243 787 3

carirhys@hotmail.com
Mari Stevens 086243 788 1

Ça va, Safana
Cathryn Gwynn 086243 789 x

Pen Dafad
Bethan Gwanas 086243 806 3

Aminah a Minna
Gwyneth Glyn 086243 742 3

Uffar o Gosb
Sonia Edwards 086243 834 9

isho bet?
Bedwyr Rees 086243 805 5

Noson Wefreiddiol i Mewn
Alun Jones (gol.) 086243 836 5

Llyfr Athrawon Pen Dafad (Llyfr 2)
Meinir Ebsworth 086243 804 7

Cyfres i'r arddegau
Ar gael o'r Lolfa: ylolfa@ylolfa.com neu o siop lyfrau leol